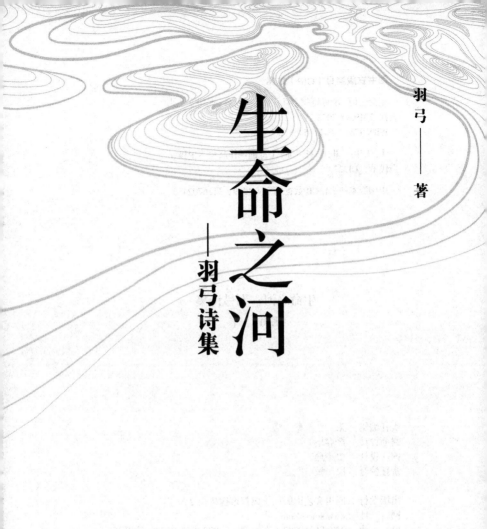

羽弓———著

生命之河

——羽弓诗集

四川文艺出版社

图书在版编目（CIP）数据

生命之河：羽弓诗集 / 羽弓著. -- 成都：四川文艺出
版社，2019.8（2022.1重印）
ISBN 978-7-5411-5465-2

Ⅰ.①生… Ⅱ.①羽… Ⅲ.①诗词—作品集—中国—
当代 Ⅳ.①I227

中国版本图书馆CIP数据核字（2019）第167024号

SHENGMINGZHIHE:YUGONGSHIJI

生命之河：羽弓诗集

羽弓　著

责任编辑	朱 兰　蔡 曦
封面设计	严春艳
内文设计	史小燕
责任校对	段 敏

出版发行	四川文艺出版社（成都市槐树街2号）
网　址	www.scwys.com
电　话	028-86259287（发行部）　028-86259303（编辑部）
传　真	028-86259306

邮购地址	成都市槐树街2号四川文艺出版社邮购部　610031
排　版	四川最近文化传播有限公司
印　刷	永清县晔盛亚胶印有限公司
成品尺寸	142mm×210mm　　　　开　本　32开
印　张	9.5　　　　　　　　　　字　数　190千
版　次	2019年8月第一版　　　印　次　2022年1月第二次印刷
书　号	ISBN 978-7-5411-5465-2
定　价	58.00元

▌作者简介

　　羽弓，本名熊开明，重庆人，先后在重庆、深圳教育系统任职，从事教学、教研、教育行政管理、招生考试、教育信息化、课程改革、教师培训、语言文字研究等工作。曾参加人教版语文教科书、教师用书，以及部分省、市地方教材编写，出版专著多部，发表论文数十篇。

　　羽弓自1992年的《生命之河》开始，陆续发表诗作。曾连续创作旧体诗词，坚持"每日一诗"一百余天。其诗词作品里总藏着一个单纯的面孔，一个高贵的灵魂，在平和心态下，释放正能量。作品大多取材于日常生活和身边故事，融入人生感悟、情感体验、社会冷暖和哲理思考，隐而不晦，浅而不白，意境优美，流畅自然，韵律和谐，节奏感强，适合静阅品味，也适合诵读吟咏。

目 录

第一辑　生命之河

第二辑　在我生命里

第三辑　钟声轻响

第四辑　天书

第五辑　歌声越过苍穹

第六辑　来去之间

第七辑　名片

第八辑　窗

第一辑

生命之河

流动

才是生命的脉搏

撞击

才是生命的放歌

生命之河

生命之河
源于一滴水
摆脱冰雪的凝固
寻求大地的抚摸
流动
才是生命的脉搏
撞击
才是生命的放歌
收获在雨季
记住小溪的无私
不求完整的自我
尽力挥发
余下的融进沧海
永不枯竭的河

1992-06-20

梦幻森林

我走入了一片森林
看见粗壮挺拔的古树
探头探脑的新枝
还有一丛丛灌木
杂乱拥挤

没有虫鸣
没有鸟啼
只有死一般的孤寂
和我咚咚的心跳
伴着一阵阵恐惧

脚下没有路和足迹
层层落叶和松针
铺了一地
我想到钻木取火
想到猴子摘野果为食
还有植物的汁液
让生命延续

我踩着松软的枯叶前行

扒开荆棘

我看到龙血树的血在流淌

想起巨龙和大象搏斗的战场

我看到歪叶榕的藤条

正在温柔地绞杀可怜的油棕

树上射下的阳光

刺得我两眼发胀

我想起老虎眯缝着的眼睛

想起狮子打哈欠时血口大张

我的腿有些酸软

热汗已变凉

睡梦中

我瘫倒在落叶铺成的被子上

回到了童年时躺在林中懒洋洋的时光

回到了恋爱时躺在树下美滋滋的时光

回到了失眠时躺在草上数星星的时光

我感到森林秩序井然

寂静如常

我睁开眼睛

看见了野花野草的淡定

看见了阳光照耀下的树叶的善意

我竖起耳朵
听见了微风吹过松针时阵阵的涛声
听见了竹笋撑开枯叶时隐约的喘息
我缓缓地呼吸
嗅到了泥土和青草的芳香
嗅到了负氧离子的气息

我发现了我的
生之所依
命之所系
身之所托
心之所栖

2017-10-15

年　轮

你是一条环形的跑道
经过一年的马不停蹄
才向外跨出
一毫米的距离

你是一只目光深邃的眼睛
看惯了四季的循环更替
看淡了世界的风卷云起
把时空的故事
刻在眼底

你是一部浓缩的史书
多少权贵偶像
多少商贾名流
在你书里
留不下一点字迹

你是一个年长的智者
用斑驳的皱纹
和大脑皮层或深或浅的沟回

写下你的含蓄

听说你新一轮的圆圈合拢了
却没有欢声笑语
有没有点上蜡烛
你并不在意
有人想给你唱祝福的歌
你也婉拒

看见身边的小树长高了许多
周围的灌木越来越密
你的眼里
含着笑意

看着落日渐渐归山
想着朝阳照常升起
你提了提抬头纹
迈开新的步履

2017-10-28

心 田

我的心田
在森林覆盖的山地
这里空气清新
水质纯净
安宁而富有生气

我曾在山花烂漫的春季
播撒希望的种子
让金黄的油菜花
引来蜜蜂踏春采蜜

我曾在阳光灿烂的夏天
种下一片荷莲
绿叶捧起的莲花
带着骨气亭亭玉立

金秋时节
在大家忙着收割的时候
我看着荷叶渐渐枯萎
酝酿出朦朦胧胧的诗意

在即将到来的寒冬
我准备守着一汪清水
在冰封大地的时候
探寻一张一弛的真谛

我想在这块圣洁的田里
种下吉祥如意的曼陀罗
开出怒放的心花
种下超凡脱俗的菩提树
领悟大千世界的奥秘

我希望我的心田
不留一点荒芜的痕迹
哪怕什么也不种
也要从水中照出清澈
从土里看到活力

2017-11-04

请将脚步放缓

走入古镇的夜晚
时光突然变慢
喝着热腾腾的奶茶
看着静悄悄的小河
徜徉在心中的山水田园

都市里的车哗哗向前
不愿做片刻停留
也无意左顾右盼
自驾的行程
仿佛永无终点站

山里那条小溪
从流入大江到冲向海边
义无反顾地奔跑
错过了多少湖泊的回旋
和港湾的安全感

金沙江的悲剧也难免重演
半生的并肩而行

穿越了多少峻岭崇山
却眼睁睁看着怒江和澜沧江
背叛的脚步渐行渐远

想起了村口那两株老槐树
脚缠绕在地下
手相执在云端
他们永远不需要奔跑
只知道朝夕相伴
哪怕风吹雨打
哪怕叶落枝残

在北风吹来的时候
请将脚步放缓
看看身旁那棵树
是否依然耐寒

2017-11-16

半程马拉松

人生的长跑

终将回到起点

最美的风景

不是冲线的瞬间

而是潇洒地迈步

伴着粉丝的呐喊

跑者的强大

是捧起奖杯一步登天

跑者的伟大

是明知无缘捧杯

却竭尽全力

一往无前

谁能够还没跑完全程

就气定神闲

谁能够看到了结局

还初心不变

冲一杯热茶

看着毛尖翻卷聚散

无论冷热浮沉

无论浓淡苦甜

一次拿起放下

看完杯中风景

众念释然

半程的马拉松

所悟正好一半

半人半我半自在

半醒半醉半神仙

低头看路

抬头望天

一路上入眼的风景

都是我的缘

2017-11-19

你的 LOGO

为了设计一个LOGO
你付出了所有的时间
尽管用尽了全力
LOGO还时隐时现

长腿和细腰
是历史传承的外观
整个构图
没有一点累赘
只有玉树临风的骨感

师父帮你塑造的发型
一直未曾改变
飘逸的长发
和你的脚步一样
潇洒中带着浪漫

你追求着古典的高雅
又欣赏着现代的简单
中规中矩

半明半暗
就像那枚外圆内方的铜钱

为了充实LOGO的内涵
你迷上了徒步的养心
和泳池的动感
你在杂乱的书堆里
寻找生命中的真和善

你用富有生机的一抹绿
把匆匆的日子渲染
红黄蓝勾勒的线条
和灰蒙蒙的浮云一样
渐渐消散

你的LOGO
一直在改版
你钟情于持续的用心
不在乎设计的圆满
更不在意别人怎么看

2017-11-25

放空自己

经历了春播
目睹了夏耘
谁能理解
在即将到来的秋收
却选择放弃

归去来兮
不为等待下一个花期
只是不想被虚妄所累
才放空自己

在遥远的寒冬
跋涉百里
迷失在冰雪覆盖的峰顶
陷入孤立无援的恐惧
今天
回望来路
却向往重返那空荡荡的山地

谁说空碗里全是虚无

它至少装满了空气
在显微镜下
看得见微生物的多彩与活力

在寂静的夜里
正好放飞如烟的灵气
在画的留白处
正好放置不必直说的诗句

放空自己
才能看见内心深处的希冀
就像放空了水的池塘
露出白花花的鱼

放空自己
才能看见你可有可无的时候
谁还会不离不弃
谁对你的电话爱搭不理

像茜茜公主那样
到森林里走走
享受自由的呼吸
寻找生命的绿意

2017-12-03

那条小路

那条曲曲折折的小路
走在灵魂的窗前
那是森林里投下的一束阳光
是夜空中划过的一道闪电
是眼前升起的一缕炊烟
是梦的路线

路边的泉水叮叮咚咚
像婴儿的啼哭
轻声呼唤
呼唤出面朝大海的小河
苦中有乐的童年

那段通往松林的小路
像留声机的针尖
颤颤巍巍地划过唱片
一遍一遍地播放
狭窄处的紧紧相依
荆棘旁的小心呵护
夜幕下的秋水望穿

松涛里的蜜语甜言

只够一个人落脚的小路
偏偏要并肩行走
手心捏着微汗
脚下磕磕绊绊
有人走得很稳
有人慢慢走散

那条长长的小路
是生命的五线谱
虚虚实实的脚印
踩在跑道一样的线与间

再大的一幅画
也画不完路上的风景
再多彩的调色板
也调不出路边的浪漫
记忆中的富春山居
那条小路时断时连
梦幻中的清明上河
那条小路若隐若现

小路越走越窄

绕过重彩涂抹的青山

缥缈在淡墨渲染的天高云淡

2017-12-24

别和自己过不去

开心的笑脸
总在聚会里徜徉
一声问候
如寒夜的美酒
冬日的暖阳

电梯口给婴儿打个招呼
推车的爷爷报以微笑
一份善意
两眼慈祥

单调重复的一日三餐
是胃和心的互访
袅袅炊烟
带着锅碗瓢盆的伴奏
随风飘荡

看不到那么多万事如意
不顺心的事倒是习以为常
只要把心在炉火中烧烫

什么挫折烦恼
都能扛

我们总在规划人生
可人生常不在规划的路上
冥冥中注定的走法
谁也无法想象

上帝创造了亚当和夏娃
想必是希望有福同享
世界给我们遍地风景
一定不赞成独自忧伤
千年修来的缘分
最好别拱手相让

何不睁开含情的眼
打开心灵的窗
何不伸出温柔的臂膀
去迎接那抑制不住的心慌

聪明的河流
翻不过高耸的山峰
总会绕着山脚换个方向
真正的牛股

越不过跳空的缺口
总会清洗浮筹积蓄能量

别和自己过不去
像海浪冲刷沙滩上的脚印
像水珠从荷叶上落光
让所有烦心事一键清仓
让不安和纠结无处可藏

2017-12-24

我的天空

我的天空
因退一步而变宽
因跳出围城而变蓝
偶尔的阴云也在所难免
只等风起的日子
坐看云开雾散

最煽情的画面
是隔着雨中的纱幔
看天空如梦如幻
大地纤尘不染

我的天空
有看不见的航线
没有城市里的车堵为患
我的天空
是白云和飞鸟的游乐场
是深蓝夜幕下的一片雪原

在空空如也的雪原

闭上双眼
听听悠扬的管弦
笛子的清脆嘹亮
吉他的余音袅袅
大提琴的深沉柔软
都随着风声
慢慢飘远

2018-01-12

尘埃落定

闪电划破夜空

一声惊雷轰鸣

锣鼓铙钹余音绕梁

大号长笛停止发声

骏马放慢脚步

大地风平浪静

碰铃留下最后的轻响

明亮的银幕瞬间黑屏

小提琴依依不舍

大提琴放弃呻吟

在寂静的世界凝固的空气里

屏住呼吸

无声的大雨从天而降

如醍醐灌顶

疲惫脚印虚荣伤口

和蒙尘的心肺一起洗净

让眼泪顺着雨水滑落

让雨水亲吻我的双唇

我听见了血液的流淌

听见了心底的呼声

当阳光照进我的眼睛
我看不见光线里的浮云
我知道此刻
一切尘埃
皆已落定

2018-01-27

人在旅途

不必问我究竟是谁
不用问你来自哪里
我们都是旅行者
路过人间而已

旅途是脚印的堆积
无论长短曲直
无论平坦崎岖
只管迈步不息

就像一条河
从山涧流向大海
一路披荆斩棘
阅尽沿岸风光
滚滚东去

就像一只鸟
南来北往地飞行
自由自在地呼吸
为了寻找适宜的空气

辗转迁徙

就像一棵树
把脚踩在土里
明知不能远走高飞
也要拔地而起
竭尽全力

人在旅途
行程不同，归宿无异
像百川归海
像小鸟归巢
像秋叶落地
当一切归于平静
只待眼睛一闭

2018-02-09

游　戏

男孩和女孩
把芭比娃娃的衣裳
穿上又脱下
脱下又穿上
把芭比娃娃的头发
绑上又解开
解开又绑上
把一串数字
搭成一堆积木
加加减减
稳稳当当

这自编自演的游戏
织进了多少梦想
点亮了多少时光

长大的男孩和女孩
把写着"副"字的外套
穿上又脱下
脱下又穿上

把写着"爱"字的情结

绑上又解开

解开又绑上

把一串数字

搭成一笔财富

加加减减

摇摇晃晃

这冠冕堂皇的游戏

泯灭了多少童心

迷失了多少羔羊

2018-03-06

出　海

喜欢伫立海边
让视线追随来去的船
或者等一叶帆
模糊在海天之间

乘船出海
只为投入那一片蓝
离开安稳的港湾
走进沉浮与漂荡
换来一份梦中的心安

号角吹响
风把长发吹乱
劈开无缝的海面
让白色的水花激情翻卷
让一层层的浪
像胸廓一样随着呼吸自由舒展

看不见无形的航线
但相信只要出海

前行的航道
总比走过的路要宽

海上的行程
不在乎是否留痕
也不管离岸多远
只需像潮一样随心而起
像云一样行走蓝天

2018-05-05

把窗户打开

把窗户打开
让满眼的绿叶挤进来
树林里的鸟语花香
也别关在门外

把窗户打开
让封闭潮湿的内心
在阳光下晒晒
让花瓶里的玫瑰花瓣
缓缓张开

透明的纱帘
在风中摇摆
不像那冷冷的大理石窗台
在严密的防盗网下
凝固成心结
傻傻等待

用窗棂取景
不必剪裁

天然的特写
就是淡淡的眼线
带着微翘的睫毛一垂一抬

窗外
一双看风景的眼睛
像一个单反的镜头
扫描，徘徊
只待柔软的目光正好聚焦
把激情的夏日
轻揽入怀

2018–05–18

简单的空气

去理发店
理一理夏日的情绪
剪掉多余的头发
听一段无词的旋律
晚风打在额头上
像一阵洗尘的雨

冲一杯陈年的普洱茶
品天地灵气
把一根黄瓜煮的清汤面
吃出新意

给微信瘦身
和某些无聊的人渐渐远离
把掉落的玫瑰花瓣默默捡起
等发黄的绿萝重现生机

明摆着答案的事
总变得神神秘秘
捉摸不透的关系

却瞬间揭开了谜底

给空调装个挡风板
让舒适的冷气滑下墙壁
翻翻泰戈尔的《飞鸟集》
浏览那些似懂非懂的诗句

月下的夜色
扑朔迷离
简单的空气
却像山泉一样
清澈见底
平淡无奇

2018-05-26

一切如常

风雨过后
还是火辣辣的太阳
打开的窗重新关上
让空调把躁动的心慢慢变凉

喝了多年的早茶
不过是重复一碗白粥
一碟青菜
搭配一份斋肠

热气腾腾的洪湖公园
荷花开得正旺
就像老家门前
那片熟悉的荷塘

今晚的天空
没有月光
几颗寂寞的星星
忍住忧伤
高楼上的灯依旧点亮

城市一片安详

听得见抽风机的呼吸
还有钟表的心跳不慌不忙
让那几首老歌
循环播放
把起皱的额头
轻轻熨烫

既然不能如愿
也就不必勉强
与其看着钟摆摇晃
不如闭上双眼
待梦醒时分
看一切如常

2018-06-10

我的铃音

手机的铃音
曾经响个不停
再好的音乐也顾不上听
因为铃声之后
总有一双关注的眼睛

如果选择静音
那些未接来电和未读信息
总会亮着红灯
反复提醒

后来
打开响铃
也没了嘈杂的声音
仿佛候鸟已经飞远
大浪把沙子淘净

雨后的荷叶上
几颗未滑落的水珠
像钻石一样晶莹

夕阳落山
看见了夜空中最亮的星
在一片宁静里
把某些聊天置顶
等悦耳的铃音过后
看看谁还会呼唤
我的昵称
我的小名

2018-09-06

不问路在何方

都说路就在脚下
可是刚要迈步
却发现并无落脚之处

都说海阔天空
可是眼前只见鱼虾跳跃
鸟雀飞舞

为什么
狭窄的小巷人满为患
宽阔的大道处处拥堵
纵横的桥梁不堪重负

能否足不出户
静心闭目
在冥冥之中摸索出路

或许
在没路的地方
更适合开疆拓土

就像苍茫的大海和天空
航线密布

不问路在何方
哪怕山重水复
走进弯弯曲曲的大脑沟回
看看方寸之间
是否宽窄自如

2018-09-09

人到中年

人到中年
不再为温饱问题忧伤
却为那些挥之不去的脂肪
挂肚牵肠
那些洗不尽的油腻
在脸上闪闪发亮

有人还像春笋拔节一样
步步上涨
有人却像秋风秋雨般
藏起锋芒
有人在为增加订单
陪喝陪唱
有人却已收缩战线
提前减仓

一路走来
你受的那些伤
是否让你缩短了眼光
放大了格局

增加了思量

你在外面的世界里闯荡
是否想过有人在秋风里着凉
你走在悠长寂寥的雨巷
是否还期待冬夜里的热炕

月圆之夜
能否告别天各一方
回到往日时光
端一条板凳
坐在院子里纳凉
吸着某种淡淡的香
嗑着瓜子
拉几句家常

最好还有一条小狗
趴在脚边
不声不响

2018-09-24

爬　山

当初
爬山不是为了流下热汗
而是不想留下遗憾
登上山顶
就像青蛙跳出了井沿

后来
攻下一个山头
却又拱手让贤
不是因为见异思迁
而是因为无心恋战

都说上山容易下山难
那是因为
上山时脚踏实地埋头向前
下山时支撑不稳脚步空悬

回到山下
纵然腰膝酸软
也无悔无怨

毕竟看过一路风光

已经意足心满

今天去爬山

只是因为

心有空闲

2018-10-07

手

一双娇嫩的小手
　拼装着
　　一个勇敢的战士

一双勇敢的大手
　编织着
　　一个颤抖的故事

一双颤抖的老手
　遥控着
　　一台消磨时间的电视

我这双消磨时间的手
　支撑着
　　一首沉重的小诗

2019-01-19

在路上

拉开窗帘
才看见日出东方
走出大门
才感到空气清爽
跑在路上
才面对风的力量

最大的战场
是内心的迷茫
最美的风景
是微笑的脸庞
最好的遇见
在前行的路上

只要热汗流淌
春，就不会走远
只要两眼放光
心，就不会变凉

冬雪化作春江

夏荷沉于秋塘
只有多情的四季桂
痴心不改
默默开放

这淡淡的清香
不问风向
你若走在路上
她便迎在路旁

2019-01-22

在梦里

在梦里
你飞速前行
像天上的银鹰
像湖中的赛艇
像蜘蛛侠穿越长街
像小猴子蹿上树顶

眼前
鲜花和笑脸相迎
耳边
掌声如山呼雷鸣
你的座驾止不住飞奔
仿佛刹车已经失灵

你趁着年轻
上演速度与激情
顺风顺水的时候
岂肯鸣金收兵

夜深人静

呼吸均匀
远处传来一阵车声
窗前投进一片月影

不问
何时梦醒
也想
不必天明

2019-01-29

一叶扁舟

长空浩荡
沧海茫茫
我只想
携一叶扁舟
在暮色里徜徉

不必看彩旗飞舞
只要站在风里
我就知道风向
不管风往哪个方向吹
我只想
随心逐浪

海鸥在天上翻飞
巨轮汽笛嘹亮
我只想
点亮渔火
不管快艇如何横冲直撞

站在船头

迎着风，仰望星光
走进船舱
用木板，搭一张双人床

等待日出
撒一张网
不必画出航线
我只想
朝着远方
不停划桨

2019-02-11

第二辑

在我生命里

你不在我的视野中

却在我的生命里

风的消息

我以为闭上眼睛
就看不见你的踪迹
我以为关上门窗
就可以隔断你的消息
可是你依然
呜呜地叫着
啪啪地敲着
让我无法挣脱那无形的压抑
和无声的梦语

你告诉我北国已经飘雪
你告诉我南海还是雨季
可是我看不见远方的风景
只看见伞无法撑开
树连根拔起
我养了多年的簕杜鹃
也被刮得落花满地

我看见你掀起我的纱帘
看见玻璃窗上泪水在滴

看见闪电撕破夜空
照亮银幕般的墙壁
我想起草原上飘逸的头发
想起海滩上湿透的T恤
想起寺庙门前缭绕的轻烟
九寨深处透明的绿意

在闪电过后的黑暗里
我听见你飞驰而过的声息
我紧闭着眼睛
想起春天你带着蒲公英和我不期而遇
可是你这次带着瓢泼大雨而来
想告诉我什么呢
是像蒲公英那样跟风而起随缘落地
像闪电那样激情燃烧转瞬即逝
还是像箭杜鹃那样送走落英再续花期

我听不见你的回答
只听见你奔跑中呼呼的喘气
你一遍遍地撞击
似乎在催我打开窗
看看风雨中飘摇的大树
和对面高楼上或明或暗的甜蜜

手机里响起了熟悉的旋律
《从头再来》
《随风而去》
还有克莱德曼的钢琴曲
《秋日的私语》

2017–10–19

在我生命里

有一种相遇
叫作看一眼便无法忘记
多少次有意无意地路过
只为那挥之不去的心动痕迹

有一种痕迹
叫作不问收获的用力
耕耘一个春夏
只等来秋天里的一片凉意

有一种凉意
叫作若有若无的断断续续
虽有同路的行走
却无牵手的回忆

有一种回忆
叫作悄无声息的放弃
恋恋不舍地转身
只看见飘然远去的美丽

有一种美丽

叫作不知不觉的想起

你不在我的视野中

却在我的生命里

2017–10–22

我想有个花园

我想有个花园
大小随意
装饰从简
只为寻一个想要的画面

园子里种上我爱的香樟
和你爱的木棉
每天你拉开窗帘
看见高高低低的绿树
就想起那些长长短短的诗篇

当然少不了各色的鲜花
种在泥土里
摆在架子上
挂在围墙边
引来成群的蜜蜂和蝴蝶
制造动感

再搭个葡萄架
让你像园丁一样种下心愿

每天看着葡萄的藤蔓

沿着架子攀缘

你想在葡萄架下看书

那就架起一张原始的木板

搬来一张藤椅

摆上咖啡和茶点

让一只温顺的小猫

倾听你翻书的声音

和隐约的呢喃

你也可以只是偶尔来访

在葡萄架下坐坐

或者在花间转转

2017-10-25

给我一阵风

给我一阵风
让它穿过竹林
就能谱写出动人的乐章
反复播放

给我一阵风
让它掠过湖面
就能掀起一层层波浪
闪着金光

给我一阵风
让它路过花园
就能使落下的叶重新起舞
叫新发的芽加速生长

给我一阵风
让它吹过头顶
就能用我纷乱的长发
唤醒曾经的青春飞扬

可是
不知用这万能的风
能否敲开你关闭的窗
能否治愈你受过的伤
能否让你敞开胸怀
去拥抱那温暖人心的阳光

2017-10-26

风　筝

你说想要学会飞翔
我把灯给你点亮
迎风奔跑
看着你展开翅膀
扶摇直上

你说想要飞得更高
我握着细细的丝线
边拽边放
看着你舒展着身体
挺直了胸膛

你说想要飞得更远
我已拽不住细线
一松手
不见了你的身影
只看见夜色茫茫

不知道你接下来想要什么
但我知道

没有了那条细线的牵扯
你一定能随心所欲
如愿以偿

我伫立在广场中央
感觉有些迷惘
恍惚中
看见我点亮的那盏灯
像一颗星星
闪着耀眼的光

星星缓缓前行
渐渐清醒的我
找到了回家的方向

2017-10-27

飞行的距离

轻轻地握了握手
看着你回到车里
挥手之间
你的微笑随车而去

一路平安
注意身体
简单的祝愿和嘱咐
成了我此行最重的行李

箱子里装着那件新买的外套
贴身穿着暖和的秋衣
你说查了那边的天气
夜晚的温度比较低

登上舷梯
关上手机
本想补补昨晚缺的觉
闭上眼睛却没有睡意

置身于万米高空
看不见绿色的大地
眼中的风景
只是云层下面的你

飞机着陆
发给你平安的消息
你问我离你多远
我说有一千多公里
飞行再远
也不过一颗心的距离

·2017-10-30

日出和下雨

我喜欢春天暖和的阳光
和轻柔的雨丝
熬过一个寒冬
也该享受一份短暂的慵懒
和软绵绵的惬意

我接受夏天火红的骄阳
和突发的暴雨
激情的喷发
压力的宣泄
是对平淡生活的必要调剂

我忍耐冬天的寒冷和干燥
等待转暖的消息
相信阳光可以融化冰雪
直达心底

这个飘忽不定的秋天
一会儿烈日当空
一会儿凄风冷雨

正好体味世事无常的人生哲理

你既担心太阳晒黑了脸庞
又担心急雨淋湿了身体
却不知我和我那把大伞
心中的窃喜

盼着日出和下雨
只因有一种使命
叫作遮阳挡雨
有一种幸福
叫作和你走在一起

2017-11-03

午夜的玫瑰

夜半时分
房间里格外宁静
酒喝得不多
微醺里有一些清醒

朦胧中的夜灯陆续关闭
唯一亮着灯的窗纱里
还是那个从未看清的身影
想必她也和我一样
有些思绪还没有理清

走出阳台
感到晚风有些清冷
那盆盛开着的玫瑰
告诉我南方的四季不太分明

突然佩服起这盆花来
不管夜晚还是清晨
不管有没有人靠近
她始终绽放着微笑

散发着清香
保持着淡定

不知那个模模糊糊的身影
是不是我心中的玫瑰
不知她是不是也带着刺
有着不易触碰的神经
不知她羞羞答答的花蕊里
是否藏着我喜欢的香型

午夜
可以放下手头的事
可以惦记梦中的人
可以放飞自由的心情
可以让音乐等你入梦后自动停

再给我的玫瑰浇浇水
灯光下的水滴
像晶莹的露珠
像多情的眼睛
清纯而透明

2017-11-12

一米阳光

早上起来打开窗
朦胧中
看见地上的一米阳光
经过新一轮冷空气的侵袭
有些东西正好需要晒晒
以免继续变凉

一直担心这个冬天
眼里只剩冰霜
能从你的笑容里
看见温暖的太阳
我当然不会让它溜走
赶紧锁进记忆的箱

不知要经过多久的慢跑
才能练就这样平衡的呼吸
不知要经过多少次瑜伽的走心
才能修成这样简单的神采飞扬
没有矫揉的痕迹
没有谨慎的思量

只见那自然而然的微笑
像清泉一样流淌

仿佛看见了天山脚下的大雪
雪被下涌动的暖流
还有冻僵的我站在路旁
我长长地呼一口气
眼前升起一股热浪

冬天的太阳
温暖而短暂
不知这冬日的微笑
将带给我春的希望
还是再一次的伤

收拾收拾心情
和这一米阳光一起装进口袋
去迎接
晨风里的寒凉

2017-11-23

干了这杯酒

好久不见
是啊
这么多年
你还是没变

握着手
激动的眼神里有些暗淡
坐下来，感慨
回不去的时光
留不住的容颜
摸不到的心跳
记不清的留言

一句想当年
激起多少内心的波澜
从学高为师到身正为范
从青涩娇羞到春花烂漫
激情燃烧的岁月
并未随风飘散

浊浪排空

碰撞出零零星星的火焰
冬雨绵绵
滴不尽断断续续的挂牵
阔别多年的相聚
却只见
或深或浅的玩笑
漫无边际的寒暄

唯有酒可以代替
说不出口的语言
加满，干
一次次地推杯换盏
一次次地睁眼闭眼
你说喝多了
我说还没醉
仿佛只有干了这杯酒
方能尽欢

夜已静
人已散
我模糊着双眼
挥了挥手说
再见

2017-11-24

守在你的窗前

你打开窗
我看见一泓秋潭
你关上窗
我看见一层纱帘
无论开与关
我都守在你窗前
用我的铅笔
描绘这含蓄的画面

一滴水
可以看清太阳的脸
一扇窗
可以看透心中的田
阳光照着清澈的水
照着
水一样的温柔
水一样的纯净
水一样的情意绵绵

这一汪清泉

映着我的心软

映着我的神迷意乱

我的笔尖

不敢继续用力

担心触碰了你的心弦

那止不住的洪水

淹没我的山

弥漫我的肩

我只愿守在你的窗前

等你掀开纱帘

看看你的视线

能否遇见

我疲惫的眼

2017-12-30

盼望下一场雪

一直盼望
痛痛快快地下一场雪
哪怕捧起的只是冰凉
我也甘愿被你冻僵
毕竟我爱的雪
到了手上

我四处寻你
你四处躲藏
我在湖边看见似曾相识的你
把手伸进水中
却碰到了波光荡漾

原来
你披着洁白的风衣
在天空翱翔
你沐浴着阳光
露出金边的衣裳

你能否在适当的时候

结束流浪

因为再漂亮的雪

挂在空中

也不如落到地面安详

你已经见多识广

一定知道适合降落的地方

你应该选一座喜欢的山

作为着陆的温床

梦想有一天

你落在我的山岗

笼罩我的森林

让长长的白色飘带

伸向远方

如果是这样

我的山

一定要摇醒苍松翠柏

喜看红梅傲雪凌霜

今夜

在跨年的音乐中

我等着钟声敲响

无论是否降雪

无论雪降何方

我都会在祈福的时候

为你合掌

2017-12-31

是否还记得

请问我的河
你从高山到了大海
是否还记得
作为源泉的那滴水去了哪里
请问我的树
你从地下到了蓝天
是否还记得
作为种子的那条根去了哪里
请问我的脚
你走过漫漫长路
是否还记得
作为同伴的那双手去了哪里

不想再问
是否还记得当初的话语
只因不愿触碰那易碎的玻璃
不想晒出
阳光明媚时的春风得意
只因不愿想起
风雨过后的落花满地

宁可看到

皱纹积淀的欢笑

白发收藏的诚意

也不愿看到

灵魂在自由里招摇

誓言被欲望所抛弃

不怕时光匆匆

不怨知音难觅

只求一颗真心

不要跟着留不住的芳华

一起远去

2018-01-02

雨中的背影

视力已经下降
却不肯戴上眼镜
是不是因为
不想把这个世界看得太清

不认识路上的行人
听不懂淅沥的雨声
只看见一道模糊的风景
就像朦胧诗和印象画
很难找出凌乱中的条理
混沌中的清醒

就算戴着放大镜
也分不清是假是真
索性半闭双眼
听听大自然的交响
看看谁的演奏
适合我此刻的心情

望远镜也不必了

即使看见了千里之外的目标
也无法缩短所要走的路程
还不如心存想念
走走停停

如果想让我看清
请让我靠近
如果想让我看清
请向我转身
不要只留给我一个
忽远忽近的雨中的背影

夜幕降临
让空灵的歌声
带来心中的宁静
深蓝的夜空
是油画的背景
唯一的亮点
是窗前迟迟不关的
昏黄的灯

2018-01-03

我的遥望

银色的月光
把夜晚照亮
我独自走在小路上
眺望远方

层层叠叠的山
朦朦胧胧的云
把我的目光遮挡
可我还是要继续
我的遥望

走过潺潺的小河
走过明净的湖面
走过幽深的树林
走上那个熟悉的山岗
用不断增加的步数
把关心和祝福默默收藏

电影的银幕
是眼帘垂下的墙

留存在心里的几个镜头
在夜深人静的时候
循环播放

或许等我们老态龙钟了
才可能有机会见上一面
我有足够的时间准备好
一头白发一脸皱纹
还有一身朴素的服装

到那时
最好找一个月圆的秋夜
找一条河边的长椅坐下
看着河水静静地流淌
看着秋叶落在身上
我们说不出话
只是紧握双手
久久不放

此时此刻
我才能戴上眼镜
仔细看看你矜持不住的脸庞
结束我的遥望

2018-01-05

等一条河流过

当初为什么逃离山乡

那是为了走入围城追寻梦想

后来为什么回归山林

那是因为脚力不济心有所向

如今

我就想做一座山

像雕塑一般守着河床

山脚稳稳当当

山腰挺直脊梁

森林积蓄涵养

山峰托起朝阳

风是我的呼吸

雪是我的衣裳

渴了引甘泉泡茶

热了下大雨冲凉

你若是一条河

正好从我的跟前流过

愿你在山间缠绕回望

若有欢喜之意

请蓄一湖绿水

像翡翠一样

让我把头和整个身子

埋在湖中央

完成这一条天然的

山水画廊

2018-01-06

蜂窝煤

屋檐下

火柴擦亮校园的黄昏

一束稻草

点着干枯的木棍

冰冷的蜂窝煤燃起烈焰

映红裂了缝的土墙根

我看着滚烫的锅

你送来一个关注的眼神

我翻动着锅里的菜

你看着炊烟不断升温

我用午餐肉煮莴笋

用酸菜鱼汤炖一盆温馨

你在人群的节奏之外

传来一个"好吃"的声音

把我的眼球吸引

从此

蜂窝煤灶的炉膛

燃烧着不灭的火

烘烤你不变的心

无论早晚

无论冬春

2018-01-20

爬山虎

我曾经深深地吸引着你的眼

你曾经紧紧地贴着我的胸

我们天衣无缝

我们呼吸与共

不管春夏秋冬

不管叶绿叶红

你爬到我头顶才发现

往前只有下坡路

往上是无依无靠的天空

你不愿回头

我无所适从

你爬向旁边那段墙

看着挺拔俊朗的那棵松

横着生长最容易

谁还记得墙脚的海誓山盟

毕竟旁边那段墙

与我不同

那棵伸出橄榄枝的神秘巨松

正值郁郁葱葱

我知道你不会原地不动

只是
要分开紧紧粘连的手
有人受伤
有人心痛

2018-01-30

夜不成寐

室外气温继续下降

屋里冬去春回

你把热情和品位

写在小小庭院

放入聚光射灯

装进透明的艺术柜

简洁的茶台

沸腾的水

你说这玫瑰花茶是自然烘焙

墙上花开富贵

桌前贪杯不醉

你盛出热气腾腾的汤

私房美食巧妙搭配

原以为不喝浓茶不难入睡

哪知道闭上眼睛

还看见你不停地端茶倒水

厨房内外张罗应对

还有淡定的微笑

默默相随

在这样的温度和湿度里

不知能否等来迎春的飞雪

还有喝酒上脸的红梅

悄悄吐蕊

就让这寒风继续吹

就让这期待自由飞

哪怕把长夜撕碎

辗转不寐

2018-01-31

我是你的座驾

你说你要去远方的城
我孤独地在车库里等
你多久没碰我了呀
我的亲
我每天看见人来人往
听得见车轮的声音
还有工地在打桩
路边在挖坑
我的脸
我抛过光打过蜡的身体
皆已蒙尘
我已经睁不开眼睛
啊
你终于回来了
我锁上门把你抱紧
好在我还有电
沉睡的机油被你唤醒
好在外面下起了雨
我可以沐浴全身
你绑上安全带

我搂着你在雨中驰骋

轮胎的气有些不足了

四轮不够平衡

但你还能驾轻就熟

不影响自由地兜风

我身体越来越热

外面依然很冷

玻璃窗上雾气笼罩

你慢慢减速停止奔腾

雨刮也关了

我听见啪啪的雨声

窗上的水慢慢滑落

我不知道那是我的热汗

还是冲刷不掉的泪痕

音响放出的歌

还是那首《北京爱情》

下一站你要去哪里

能否再让我还能陪着你

又是个雾霾的北京

2018-02-03

假如你转身

假如你转身
就不会错过另一片天
假如你转身
就不会是我站在原地
你越走越远

假如有金花一样的约定
我愿意找到苍山脚下
蝴蝶泉边
哪怕经历千难万险
我也相信电影的结局
终将圆满

最好的运动不是追
不是田径场上的空跑转圈
只有相向而行
才能把距离缩短
只有火花四溅
才能把干柴点燃

梦中的画面

是我带着绣花荷包寻你千遍

却发现你站在洱海边

看轻风挽起波澜

坚硬而淡定的山

向湖水学会了缠绵

你看着日出

我看着你

在你转身的瞬间

我伸出双手

你抛来媚眼

那深情而醉人的微笑

是我读过的最美的语言

2018-02-08

回　声

你是一条小河
流经我的山坡
你用叮咚的脚步把我唤醒
你用荡漾的柔波把我抚摸

千山万壑
溪流穿梭
纵有无数可能的知音
也难免擦肩而过
为何恰好是你
把爱意投进笑着的旋涡

看过了各种缘聚缘散
弯曲了多少生命之河
我已说不清那么多为什么
只是在想
我能为你做些什么

不知你是否喜欢
平平淡淡的生活

一日三餐的家常便饭

是锅碗瓢盆的交响曲

不早不晚的自然起居

配合静悄悄的日出日落

急匆匆的时光

慢慢地过

你若喜欢

我从树上摇下一堆野果

涌出天然的山泉泡茶喝

你若怕冷

我用整个山体的热量

温暖你的被窝

你若吟诗

我让山风带着松涛

与你一唱一和

你若出行

我伸出胳膊

陪你走过路上的坎坎坷坷

最美的夜晚

是你枕着我的山坡

搂着月亮和星星

安然而卧

青蛙和蟋蟀不知疲倦地
为你演唱催眠的歌

你若用瀑布献给我一条
洁白的哈达
我愿用长长的回声送你一句
扎——西——德——勒——

2018-02-14

小　船

我坐在山顶
深蓝的海托着我
看小船一样的月亮

你坐在月亮船里
眼睛闪着金光

不知你看见的我
是坐着还是倒垂在山尖
如果是倒垂着
地球一松手
我会不会掉下去
正好落在你的船上

地球不肯松手
我就在这里等
我知道你常经过我坐的地方

等你经过时
我伸出手

你跳下船

落在我身旁

2018-02-20

手捧红玫瑰

双手捧起的
是红葡萄酒的香
是酒后也没打开的心房

我手中的温暖
撑开花瓣
那是你翕动的唇
是酒后通红的脸庞

满身的刺
是你需要的安全感
我不怕受伤
就算刺出了血
那血也甘愿为你流淌

娇嫩的鲜花
最需要爱的营养
浇灌足够的水
筑牢那道带刺的篱笆墙

我就这样捧着你
陪在你的花期
你就这样盛开着
躺在我的手上

2018-02-21

影 子

你能跟我走进光明
却不能陪我度过黑暗
你随光亮而起
随光灭而去
日出，月明，灯启
日落，月斜，灯闭
你时隐时现
我却坚信形影不离
惺惺相惜

我迎着朝日出发
看不见你在我背后犹豫
我背着夕阳回家
却看见你站在我跟前
表明去意

我知道
日子久了难免发腻
只要跟着我
你永远看不到光从何而来

更无法和心中的光源相遇
我转过身
留下一声叹息
走入黑夜的静寂

关了灯
闭上眼
我才看见
真正的形影不离
不在光亮的背后
而在安分的心里

2018-02-22

终将靠岸

不知要多少亿年的雕刻
才凿出这嶙峋的悬崖峭壁
我在崖底的乱石丛中
沿着时光的足迹
倾听爱的絮语

阳光下翻滚的波浪
向着巨石激情撞击
哗哗的声音似拥抱时的气息
洁白的浪花如婚纱裙裾
海蚀崖上的褶皱
像拥挤的大脑皮层
储存爱的记忆

相信真爱
比花岗岩更坚毅
你看
岩石就这么宠着海浪
海浪就这么缠着岩石
永不嫌腻

飘摇的小船终将靠岸
就像拍岸的波涛
投递柔情蜜意
我想就这么伫立不动
站成一块岩石
等待涛声袭来
屏住呼吸
淹没在爱的潮水里

2018-02-26

夜　色

山脚下沉醉的夜
罩不住小路掌灯
头顶上游荡的云
挡不住星月穿行

在这个团圆之夜
看不见湖里的游鱼
看不见路过的行人
只看见
月亮照着如水的眼睛

在这个喧闹之地
听不见广场的歌声
听不见草丛的蛙鸣
只听见
石头上夜话的温情

灯不管明暗
只需看得见一线光明
月无问圆缺

只要照得出熟悉的身影

心里的潮水
打破湖面的平静
摇晃的树枝
书写着云淡风轻

明月已上高楼
窗前闪着一颗星星
就此安然入梦
带着一个眼神的坚定

2018-03-02

三二一

这是开始前的倒数
这是倒数着的结束

这是开心时的欢呼
这是伤心时的泪珠

这是相遇处的音符
这是离别处的脚步

三，二，一
一段走不远的路途
一片看不透的薄雾

2018-06-20

如影随形

夜空下
月色如此动人
湖水笑出满脸皱纹
海湾把月亮和霓虹灯
抱在怀里
揉出满天星

有人在长椅上相依望月
有人在绿道上牵手慢行
手里握着十指温馨
肩上靠着一脸柔情

夏夜如此透明
内心如此宁静
亮起红灯的燃油
慢慢耗尽
加油站的长枪
重新发令
摸不着的高楼
垂着倒影

看不见的空气
装满空瓶

冥冥中的天意
如鲜花配绿叶
如闪电带雷鸣
如梦随心
如影随形

2018-06-30

永如初见

最美的遇见
就是在遥远的梦乡
站在你门前
像一颗等待发芽的种子
埋在心田

最美的画面
就是两厢情愿
像一对相向飞行的燕
落在同一条电线

最美的瞬间
就是望着染霜的鬓角
捧起老去的容颜
像并肩而立的古树
落尽黄叶
仍有枯枝相连

最美的表白
就是永如初见

像太阳温暖大地
像月光照亮夜晚
像山间的小河日夜缠绵

2018-07-15

小时候

小时候
喜欢一个甜甜的声音
一个深情的眼眸

小时候
依恋一个温暖的怀抱
一脸含笑的温柔

小时候
总担心走丢
不肯松开那只拉着的手

今天也一样
走了这么久
仿佛回到开头

2018-09-08

这个夜晚

这个夜晚
月亮总会圆
无论你是否去看
无论你是否看得见

期待的团聚
却不是总能如愿
无论你是否在望
无论你是否望眼欲穿

月光洒在海面
眼光落在天边
秋风拨弄长发
渔火半闭睡眼
风平浪静的港湾
静待返航的船

夜空湛蓝
星月无言
摸不到天的高远

看不透海的深浅
清晰的心跳
像细浪拍打沙滩
均匀而舒缓

这个夜晚
温暖，是金黄的笑脸
宁静，是月下的窗前
隔窗对月
不为投递一份期盼
只想说一句
见与不见
皆随缘

2018-09-24

一片红叶

错过了浪漫的花季
走过了火热的暑期
清凉的秋风里
一片红叶透出暖意

这片叶
曾经像橄榄枝那么绿
如今红得像辣椒一样
像熟透的水蜜桃一样
像高脚杯里的葡萄酒一样
像含羞的脸一样
写着秋日的私语

捧起这一片叶
听见火辣辣的呼吸
嗅到水蜜桃的香气
看出微醺时的迷离
你这枚鲜活的书签
走进我的书里

秋风翻开了我的书

我才开始一遍遍地

读你

2018–10–05

不待花开

有些花
还未开放就谢了
那是对寒冬感到后怕

有些空气
还未加热就急速降温
那是因为北风突然南下

有些盔甲
还未卸下就重新系紧
那是因为又要独自出发

心里的湖
在大雪到来之前凝固成冰
湖面闪着点点泪花

灰蒙蒙的天空
关上窗纱
怕冷的熊躲进洞里
冬眠
是最好的休假

2018-12-08

你还好吗

小企鹅的肚子里
有一条长长的隧道
隧道里存着0和1的对话
那是大海里的折戟沉沙
是来不及风化的礁石
堆积在海角天涯

在时光的隧道口
一左一右的砖头
像齿轮一样啮合
像拉链一样交叉
轨道上的行走
像传送带一样顺滑

漆黑的隧道里
并不是一团乱麻
抓住那条露出的尾巴
就能像魔术师一样
牵出长长的纸花

最后一块砖头上
镌刻着祝福的话
荒草覆盖的轨道
忍受着风吹雨打
太阳和月亮
坚持着山顶的打卡

你还好吗
这久违的声音如细雨落下
不知这是隧道里的齿轮回响
是睡梦中的枯枝发芽
还是指尖上残留的牵挂

2018-12-18

静下来的时候

静下来的时候
想起那场雪
默默地飘洒一夜
带给清晨一片圣洁

就像那双沾满灰尘的鞋
一夜之间变得锃亮
无声无息
不知不觉

相信春雨也会悄然而至
不必相约
随时走进轻风薄雾
看雨丝微斜

静下来的时候
凭窗望月
听见钥匙插进锁孔

开门关门之间

飘进一片落叶

2019-03-21

第三辑

钟声轻响

这寂静中的轻响
比震耳欲聋的交响乐更铿锵

秋

你迟到了
但总算来了
你随着凉悠悠的风而来
你随着轻飘飘的叶而来
在停了空调的早间
在一遍遍延时的闹铃中
温柔地站在我床前
抚摸我光着的脚
还有不冷不热的脸

熬了一个长长的夏
终于等到你
等来了一件长袖的衬衫
等来了一句久违的惦念
多睡会儿
出门穿厚点

突然忘却了夏的热
凉凉的身体里流淌着春的暖
灰蒙蒙的天空

像磨砂的玻璃板

我透过迷茫

看到那一片蓝

看到那似真似假的蓝天下

跑动的心欢

坐着的安然

2017-10-14

黄昏的沙滩上

好久没有这样

伫立在海岸上

送走落下的夕阳

好久没有这样

安坐在礁石上

欣赏海鸥的飞翔

好久没有这样

慢跑在绿道上

让风呼呼地拍打胸膛

好久没有这样

仰卧在沙滩上

倾听浪涛的翻卷回荡

脱下紧绷绷的鞋袜

迎接沙子的抚摸

享受温柔的力量

步履如此蹒跚

心却稳稳当当

漂浮不定的思绪

只有贴着泥土

才不再摇晃

海面上的人头
起起落落
随波荡漾
浪花里的孩童
进进退退
心花怒放
多想涛声再大些
淹没梦幻中的虚妄
多想涛声再小些
听听沙子与脚丫亲吻的声响

晚霞渐渐散去
看不清海鸥飞翔
沙滩上的我
等待初升的月亮

2017-10-29

秋 叶

我喜欢鲜花的娇艳
更喜欢绿叶的无华
我喜欢新叶发芽时的惊喜
更喜欢黄叶飘落时的优雅

我不在意春笋拔节时
奋不顾身快速上爬
却欣赏秋叶枯黄时
枕着清风安然落下

金秋时节
我羡慕硕果金黄
更迷恋枫叶如画
我理解黛玉葬花的无奈
也懂得送别落叶的潇洒

旭日东升
如少年朝气勃发
夕阳西沉
如天女散尽落花

当天边洒下最后一抹余晖
多少躁动的灵魂得到升华

我想找个深秋的傍晚
靠着树下的长椅
看着火红的晚霞
接住一张飘然而至的叶
带她回家
或许
这随缘而来的秋叶
能听懂我想说的话

2017-11-02

让我怎么过冬

雪花还未飘落
北风继续呼号
最不愿听到的冬的消息
还是避免不了

关闭所有毛孔
裹紧厚厚的外套
也无法隔绝冷漠的空气
和刺骨的寒潮

梧桐树落光了叶子
地上残留着枯草
森林里看不到动物的足迹
荷塘里一片萧条

原以为跟着候鸟飞到南方
就可以摆脱冬的困扰
没想到还有一些冰霜
和未曾预知的命运一样
无处可逃

像黑夜里期待一缕阳光

像沙漠里渴望一片水草

在不期而遇的苦雨里

不奢求一座越冬的彩虹桥

只希望像那只小鸟一样

寻一个御寒的巢

2017-11-09

谁能躲过冬的伤

冷空气南下的消息
又传到了我的手上
从立冬到小雪
每一步都这么匆忙

昨天还在火热的球场上奔跑
今天的一切却突然被冷藏
我不可惜冰雪覆盖了秋的景
只是担心
谁能躲过冬的伤

我看得懂树和草的意思
扛不住我也不勉强
只要把根留住
就会重现大好春光

大街小巷的行人
倒也并不慌张
大幅降温
正好展示时尚的冬装

我想
像熊那样找个洞冬眠
睡一个长长的觉
睁眼就是柳绿桃红
莺飞草长

我也想回到从前
享受那曾经的温暖时光
一声简单的问候
一件陈旧的棉袄
一碗热气腾腾的萝卜排骨汤

可是今晚
我只能关好心里的窗
继续我昨日的梦
直到天亮

2017-11-21

钟声轻响

音乐骤停
屏息冥想
零点的钟声
清脆而悠长
钟摆的节奏
不急不慢不张扬

这寂静中的轻响
比震耳欲聋的交响乐更铿锵
那些跌宕起伏的演奏
进了带锁的音箱
留下这新年的第一首歌
如梵音绕梁

发黄的影片不再回放
陈年的往事就此冷藏
让一本崭新的台历
在聚光灯下
闪亮登场

这十二页的填空题
卷子够长
看看我们如何用手指翻阅
用脚步丈量

跨出这一步
只需一秒
出发的声音
却如鞭炮炸响
穿破夜空
唤醒新年的第一颗朝阳

2018-01-01

傍　晚

喜欢在白昼与黑夜之间
看天色渐暗
日薄西山

一句只是近黄昏
仿佛满是遗憾
其实所谓朝日
不过是夕阳转身后的
风光再现

如果早晨是春夜晚是冬
那黄昏正是多彩的秋天
即便残叶落光
也盖不住金果满园

忙了一天的人们
赶着回家或外出赴宴
长长的车龙
像流水线上的可乐罐
慢慢流转

我知道有些人
此时免不了伤感
冰冷的厨房并未生火做饭
外卖包里裹着苦辣酸甜
不过
命运安排了一些孤单
想必也准备了一些陪伴
只待一个机缘

傍晚是一只靠岸的小船
面对又黑又长的冬夜
只能点亮夜灯
把窗户关严
用一个自由自在的睡眠
进入下一个循环

2018-01-13

北方来的风

既然已经立春

请问这北方来的风

你为何还不走

我干裂的唇冻僵的脚

已满是伤口

你纠缠了一个寒冬

为何还不肯放手

难道你就做定了冷雨的帮凶

与幽灵结为狐朋狗友

你这北方来的风

你这空穴来的风

你这东拉西扯摇摆不定的风

你吹吧吹吧

在春天来临的时候

就让你一次吹个够

你吹过我的头

无非是让我的长发忽左忽右

你吹过我的脖子

但你锁不住我的喉

你吹向我的胸

你也无力把铁了的心穿透

我感觉冷

但我不再发抖

拉直高领的毛衣

搭起羊绒的围巾

像"五四"时的青年

挺胸昂首

让风迎面而来抛在脑后

随风而去的

是说不清的爱恨情仇

你看

满街的红灯笼已经挂起

风在海面掀巨浪

水在海底涌暖流

无须再做最后的搏斗

相信你这狂轰滥炸

不过是溃退前的一声嘶吼

相信你的最终结局

不过是阳光下的云雾残留

你演唱完冬的离歌

定会悄然溜走

即便留下一些呻吟

也不会太久

2018-02-05

作别冬天

烟消云散
春意盎然
阳光照着睡莲
夹竹桃望着湖面
迎春的鲜花开得如此灿烂
轻柔的风抚摸我的笑脸
冬，明年再见

你说我昨天还在表示不满
今天为何又向你道别发善
你不知道我有多么心软
你伤害了我
但我并无仇怨
我知道你的所为
只是上天的安排
也是命运对我的人生历练

你要走了
我想起了你的好
你让我看到了雪的纯洁和冷艳

欣赏了冬装的风度翩翩
感受了恰如其时的嘘寒问暖
你要是不让我脱一层皮
也不会有我今天的旧貌换新颜

去吧
忘记前嫌
别再留恋
去北方过个热闹年
回到你西伯利亚的故园
如有机会
我会去贝加尔湖畔
让你看看
我这个冬的伤员
是否还能重回前线

2018-02-06

春天的味道

粗糙的皮掉光了
脸恢复光滑
就像大地换上绿装
树木发出嫩芽

过完元宵
才算迈开了步伐
踩响一声春雷
惊醒了青蛙
催开了桃花

路上的车匆匆而过
行人走进了新的计划
一层层地褪去冬装
迎接冰雪融化
春雨沙沙
江河顺流而下

春天的味道
不仅是万物复苏精神焕发

你看
爱情在破土
孩子在长大
嫩芽不再是去年的嫩芽
桃花也不是去年的桃花

日子
并不是周而复始
春天
是一幅新作的画

2018-03-04

错 过

说好要去看樱花
可是樱花谢了
说好要去看桃花
可是桃花也谢了
我的春天
就这样一晃而过

难熬的冬季
总是无法挣脱
浪漫的花期
却如青春岁月般
轻易蹉跎

还未开始春的播种
就要面对夏的火热
不知在空调的凉风里
如何走进秋的收获

动车轻轻滑行
飞机穿云而过

走进那个院子

看桃树挂出新果

朦胧夜色里

群星闪烁

在一壶茶的冲泡中

时光静静消磨

总在回首往事时

感叹日月如梭

能否戴一块腕表

听着分秒的声音

抓住每时每刻

像湖水一样慢慢沉淀

像城墙上的青砖

在沧桑里砌起沉默

只要紧跟时间的长河

就不必在乎错过

相信下一个春天

依然在握

2018-05-16

五月的火炉

五月的火炉

是热恋中的太阳

滚烫的土地

是激情燃烧的炉膛

酣畅淋漓的阵雨

是烈日下的汗出如浆

五月的火炉

是青春的臂膀

丘比特射出的金箭

穿透心房

播下一颗种子

传递无穷的热量

马鞭草举起紫色火焰

三角梅红着面庞

六月的决战尚未鸣枪

集结号已经吹响

轰炸前的宁静

是笔尖上的长跑

是夏虫的低唱

落日归山前
点燃一盏大灯
把夜空照亮
等展翅欲飞的塔吊
悄悄上涨

五月的火炉
是春的流芳
是夏的小样
是预演的秋收
是渐近的冬藏

2018-05-19

夏日的情话

指针在环形的跑道上
匀速溜达
脚步在登山的台阶上
交替踩踏
激情在时光的长河里
点点飘洒

没有什么能够阻挡
哪怕
时钟倒挂
山路垮塌
河里堆满泥沙
即便寸步不前
也要让思想浪迹天涯
把乌云染成红霞

一阵狂风暴雨
换来的不过是
满身汗如雨下
满山小鸟喳喳

满池新莲如画

你看
蜻蜓吻着小荷
绿草举起水花
养精蓄锐的知了
重启了夏日的情话

2018-06-09

平常的日子

岁月是一条河
日子就是那颗颗水珠
岁月是一条路
日子就是那点点沙土
岁月是一片林
日子就是那一草一木
岁月是一本书
日子就是那一横一竖

岁月的长河是一条路
重叠的脚印条理清楚
岁月的森林是一本书
成长的年轮深入浅出

走近那棵千年的古树
读懂那不知不觉的枝叶荣枯
翻开那本厚厚的日记
回味那有血有肉的匆匆脚步

不是每个日子都一样精彩

但是每个日子都值得记录
历史上的今天
多少故事历历在目
哪怕它是如此地花开无果
也能像层层的落叶
增加大地的厚度
哪怕它是那样地如烟如雾
也能像镜子一样
照出一脸的幡然醒悟

不要等特殊的日子
才感叹往日不复
给平常的日子造一间小屋
看看日出何时日落何处
等夜幕降临时
看看屋中所留何物

2018-10-13

在倒数的钟声里

在倒数的钟声里
你勒住缰绳
飞奔的马收住脚步
征尘如烟
弥漫双眼

脚下
并无一道鸿沟
也无跨不过的坎
这倒数的钟声
是看不见的界限

时钟
是一盘精确的秤
是一只明亮的眼
是一服疗伤的药
是一卷放飞的线

不必用日记把往事写满
就让时针自由旋转

随着最后一页日历翻篇
在倒数的钟声里
合上答卷

然后
你扬起马鞭
身后是一段路
眼前是一片天

2019-01-01

第四辑

天书

寂寞星空

繁华宇宙

再大的恒星也如萤火虫般

到此一游

乡间的小路

走在乡间的小路
感到深秋的寒凉
虽然霜降日并无霜降
但冬天的脚步声
已然在心头踏响

看不见黄澄澄的菜花
看不见绿油油的麦浪
看不见新插的稻秧列队成行
看不见火红的高粱随风摇荡

儿时的欢声笑语
像乐曲一样荡气回肠
农忙时的男女老幼
曾在小路上熙熙攘攘

如今
杂草覆盖了小路
布谷和白鹤不知去向
干打垒的瓦房不见踪影

锁了门的洋楼结了蛛网
驼背的老寿星
烟斗依旧
乡音如常
却认不出当年熟识的读书郎

走在乡间的小路
回不到记忆中的家乡
阳光依旧灿烂
小溪照样流淌
但森林密布的山下
少了几缕炊烟
多了几分沧桑

不知这简单的宁静
能否治愈我远行的忧伤
不知这条小路通往的山岗
是不是叶落归根的地方

2017-10-23

最忆是西湖

二十年前见过的西湖
记忆中没多少印迹
再次造访
已不知从何处看起

黄昏时分到达杨公堤
登上湛碧楼小聚
喝一杯透亮的龙井
吃一碗片儿川
倾听窗外的风声林语

伴着荷塘月色
漫步到苏堤
晚风送来深秋的凉意
灯光里的六桥烟柳
依然像春天一样碧绿

远处的雷峰塔闪着霓虹
脚边的湖水拍打着石壁
仿佛演奏着失传已久的鼓乐
回响着苏东坡的诗句

春江花月夜的旋律
在岳湖响起
梁祝的故事
在月光下演绎
如梦如幻的西湖歌舞
还散发着峰会场外的文化气息

沿着孤山路
走过白沙堤
在并无残雪的断桥头
仔细辨认康熙大帝的御笔

打开电子地图
发现一万步的行走
却徘徊在西湖一隅

忆江南
最忆是杭州
忆杭州
最忆是西湖
是千年故事蓄水筑堤
是万种风情铺天匝地

2017-11-01

又见西湖

上一次约会
是个深秋的傍晚
短暂的相聚
还猜不透你的意愿
只记得月光中
你那亮晶晶的眼

冬天里的这次重逢
是路途中偶然的遇见
一阵惊喜背后
却不知你是否注意
我就在你身边

来不及像上次那样
沿着长堤和你漫谈
也不知从秋到冬
你经历了怎样的历练
羽绒服挡不住寒气
我转过迎风的头
不忍看那冷得发抖的湖水

和那飘摇的船

我还没告诉过你
我喜欢怎样的发型
我以为你也像北方的柳树一般
落光了绿叶
失去了浪漫
可你依然摆动着我喜欢的长辫
像你的微笑一样
潇洒而自然

银杏叶已经扛不住寒潮
一半留在树上
一半落到地面
路边那一丛惊艳的枫叶
让我看到你冻红的脸
还有大大方方背后
隐隐约约的腼腆

我给你拍了几张照片
匆匆而去
我想等到隆冬
找个雪后的晴天
看看你穿着婚纱一样洁白的盛装

还有这红枫一样的披肩
在阳光下
睁开装满柔情的眼

不管这一生是否和雪有缘
我只知道
等待
是我最好的留言

2017-12-09

寻找无花果

我梦想
放一个长长的暑假
回到夏日的童年
穿一条裤衩就出发
走进盛夏狂欢

去堰塘里游泳打水仗
一池浑水闹翻天
去长了青苔的石板河滩
加速滑向坡底的水潭
去露着小洞的稻田边
抓泥鳅逮黄鳝
去涨水的河边撑一根竹竿
钓几条小鱼作晚餐

夜晚
用水井里冒出的清泉
冲一冲光溜溜的身子
用两张凳子搭一块凉板
在院子里摇着蒲扇

听大人们闲谈
看星星眨眼

去山上的外婆家玩
是永远不变的期盼
那里有外婆的疼爱
有热情的小伙伴
有我最爱的无花果
有不冷不热的天

回家的时候
坐一段绿皮火车
听汽笛匆匆车轮款款
尝尝车上兜售的米花糖
还有冰棍榨菜豆腐干
看看窗外快速后退的树
慢慢移动的山

可是
回童年的路早已梦断
竹林覆盖了小河
苗圃代替了稻田
堰塘的水已放干
儿时的伙伴已走散

我只能在遥远的异乡

寻找我的无花果

回味那永不消失的口感

2018-01-26

致仙湖

多少细水长流

多少风雨激荡

才沉淀出这一池涵养

像碧玉一样纯粹

像玻璃一样透亮

从月缺到月圆

从朝日到夕阳

时光的影子来来往往

你却像梧桐山一样宁静如常

想说你心如止水

可春风路过时

你还是止不住两眼放光

近旁的绿树红花

为你倾倒站岗

漫山的青松翠竹

为你日夜守望

老人手植的高山榕

扎根在你滋润的土壤

山间缭绕的香云梵音

为你送来如意吉祥

我坐在光滑无尘的石头上
看游鱼自如地呼吸
看白鹭轻盈地飞翔
那是爱的表白
心的放养
梦的翅膀

2018-02-13

一条小溪

不知你从哪里来

不知你向何处去

但我懂你为什么一路向前

哗哗，叮咚，或寂静无言

豪迈，欢快，或深沉内敛

雨季丰满而有内涵

旱季瘦弱但不抱怨

巨石当道，山体阻拦

你谦让，回旋，不惧曲折绕远

狭路相逢，悬崖遇险

你加速，跌落，留下人生景点

树木招手，野草弯腰

你泥沙浸润，雨雾相连

农田相求，泉眼投靠

你左拥右抱，握手相牵

你不问哪朝哪代

你不管沧海桑田

走自己的路

说不变的语言

阳光下闪亮的水珠

跳跃是为你欢歌
石头上厚厚的苔藓
沉默是你的小传
你不求江河湖海的感恩溯源
只把脚印和欢笑
留给深山

2018–02–19

烈日当空

你爬得真快
转眼到了天上
曾经亲切温和的朝阳
如今在我头顶
冠冕堂皇
仿佛像个人样

我在平地上行走
拒绝打伞
晒得满脸发烫
我知道你不会在意
不必抬头
看得见地面起火
湖面反光
空气中都是你的能量

找一个露天的泳池
看着池底的水立方
像一阵风
自由飘荡

直到天色渐晚
华灯初上

我知道此时
再耀眼的光芒
也会沉入西天
被黑夜掩藏

2018-05-22

想起一片麦地

端着一碗小面
想起一片麦地
在春风里飘着绿

这湖水一样荡漾的绿
比新发的槐叶更光鲜亮丽
比盛开的桃花更令人惊喜

那片麦地
是记忆深处的印迹
是青黄不接时
迷茫的眼睛里
唯一的希冀

等到收割时
把散落的麦穗捡起
看柴油机开足马力
阳光下
面粉压成的长发
随风飘逸

想着那片麦地

慢慢咀嚼

这一碗清淡里的甜蜜

2018-06-14

瀑　布

人家往高处爬
你却向低处走
人家眼望山峰
你却心系下游
一生的作品
挂在崖口
随着震天的虎啸狮吼
把一湖积蓄摔成碎玉
化作一江春水
向东流

2018-06-24

所谓西峰

终于踏上
传说中的这条险路
灰白色的花岗岩
光秃秃地裸露
拔地而起的华山五峰
是千万年累积的海拔高度

区间车送至大山深处
索道代替了漫长路途
不必说神兵智取顽敌
无须提豪杰论剑比武
只须抓住挂满同心锁的铁链
爬完那座天梯
累到汗流如注

千尺幢和百尺峡
阻挡不了生命的脚步
就像看不见土壤的岩石上
傲然挺立着松树

一日游的最佳路径
不是站上北峰打道回府
而是登顶西峰
放眼四顾

所谓西峰
不过是压在心里的一块石头
挡在眼前的一片雨雾
我们并不缺少勇气
只需一副无痛的筋骨
把梦想撑住

2018-09-07

一路上的课

原以为
你还是那个黄土高坡
几孔窑洞前
一台碾子
一排草垛

原以为
你只是那个红色山窝
杨家岭的早晨
枣园的灯火
宝塔山下的延河
流淌着南泥湾的歌

没想到
第一次走近你
却看见你被一片绿色淹没
山上绿树掩映
街道枝叶婆娑
一座森林城市
正在开花结果

枣园那条石子路

坎坎坷坷

老城新区的大道

平坦宽阔

梁家河的电瓶车

来往穿梭

延安

露出黄色的皮肤

留着红色的初心

一身绿衣包裹

延安

打开发黄的书页

转动深红的唱片

一路上着新课

2018-09-16

天 书

夜晚来了
阳光躲到山后
鸟雀关闭歌喉
昆虫低调演奏

炫目的灯光秀
恍如白昼
但夜色再亮
也看不透

寂寞星空
繁华宇宙
再大的恒星也如萤火虫般
到此一游
当我看见你的时候
你或许已化为乌有

流星的光芒划过夜空
有如抽刀断水
撕不开一道裂口

行星和卫星缓缓移动
吸引眼球
可惜你总被谁牵扯
毫无自由

只有思念可以自在行走
像云一样闲游
前进，或回头
常驻，或暂留
顺风而行
顺水漂流

寂寞星空
是一本模糊天书
读你许久
忽左忽右
不知你所言
不知我所求

2018-10-02

炊 烟

长途的行走
总有个转身
望着那朵白云
寻着那熟悉的乡音
踏进家门

走过千山万水
最爱的风景
还是那长长的炊烟
升起在屋顶

老人点亮炉火
敲响锅碗瓢盆
用一桌儿时的味道
用一阵畅饮
为归家的游子洗尘

浓浓的乡音
在此生根
炊烟

像一条缠绕的藤

爬上绿色的山

变成一朵白云

夜幕降临

山下处处灯火

空中点点星辰

炊烟

是一封长长的信

2019-02-05

第五辑

歌声越过苍穹

你是常青树上的一抹绿

你是鲜血浸染的一片红

你是百花簇拥的一块碑

你是万众景仰的一座峰

红 笔

修长的身躯
装满一腔热血

殷红的泉流
穿过山野
伴随一阵叹息
一路喜悦

叉是道道关隘
勾是步步台阶
当孩子越过关隘
你的脉管
空空如也

蓝色的小河
延续你的书写
晚霞中
你红得像一片秋叶

1992-08-23

听听风的声音

——写给我的师父周国堂先生

这是一种熟悉的声音
是春风在吹醒桃李
是夏风在吹拂松针
是秋风在吹动竹叶
是冬风在吹过梅林

这是一种神奇的声音
从驴溪河畔
长江之滨
迈向成都平原
迈向首都北京
走进中南海
走进上海滩
响彻巴山蜀水
响彻城市乡村

这风的声音
是刚柔并济的男中音
是浑厚磁性的男中音
是抑扬顿挫的艺术发声

是京腔京调的标准语音

多少人走进驴溪半岛

就是对这样的声音着迷

这声音

在清晨的树林里响起

在傍晚的喇叭里想起

在临江院飘着书香的小屋里响起

在古树旁亮着夜灯的窗户里响起

这神奇的旋风

走上三尺讲台

吹在稚气的脸颊上

吹在惶恐的眼神里

吹在刻苦的唇舌间

吹在坚定的信念里

教材上印着你大写的名字

校歌里唱着你铿锵的诗句

礼堂里响着你即兴的讲话

舞台上放着你传神的演绎

挨过你劈头盖脸的训斥

听过你和颜悦色的抚慰

吃的是你亲手做的饭菜

受的是灵魂深处的洗礼

你的声音

挂在耳边

响在心底

冷在眉眼上

暖在心窝里

你的声音

是《荷花淀》里的月下对白

是《过秦论》里的说文解字

是《长征组歌》的万人合唱

是《雷锋》《日出》巡回演出时

台上台下的心领神会

街头巷尾的轰动热议

你的声音

是乒乓球拍的快速挥舞

是排球场上的鱼跃球起

是录音机里的配乐朗诵

是编写教材时

小板凳上的奋笔疾书

校内校外的扬鞭奋蹄

你的声音

一度消失在大字报的海洋中

消失在"反动学术权威"的批斗席上

消失在"千人大会"的指责声里

但你这风的声音

山川挡不住

大海淹不灭

穿行在日月间

飘荡在春光里

桃园路边的铁皮房

官龙山下的专家楼

珠光村里的戏剧室

至今还留着

当年拓荒牛的足迹

你用热汗滴出忠诚的声音

你用爱心迸发奉献的声音

你用白色的牛仔引领时尚

你用重现的经典书写朝气

在苍茫的暮色中

在深夜的灯光下

在渝高广场的公寓里

你用一颗永远年轻的心

一支永不言老的笔

谱写出生命中的青春三部曲

今天

你坐在轮椅上

依然写诗作词
依然是朋友圈的精神支柱
酒甜群的话语体系

听惯了风的声音
惦记着你的身体
宁愿听到你严厉的教训
也不想听到你抱恙的消息
几天看不到你在群里发声
就会暗自担心
默默等待风声响起

好想听听风的声音
听春风吹醒桃李
听夏风吹拂松针
听秋风吹动竹叶
听冬风吹过梅林

2017-12-10

你的眼睛

曾经离你很近

我天天看你的眼睛

看风和日丽

看疾风骤雨

看殷殷关切

看循循启迪

你的眼睛

是显微镜是望远镜

是导航的明灯是夜行的火炬

你的眼睛

是收藏夹是洗涤剂

是发电机是加速器

如今离你很远

但我仍常常看你

你眼底雕刻的记忆

一半放着光华一半布着血迹

你眼里发出的视线

一头连着牵挂一头连着泪滴

我希望你的眼睛

永远神采奕奕
我乞求你的眼睛
永远不要关闭

即使你垂下了眼帘
你也关不住满眼的师恩
我也看得见无声的期许

2018-01-08

一个大写的字

不管高矮胖瘦

无论贫富美丑

不用培训上岗

无须太多帮忙

只要十个月的酝酿

加上一阵刻骨的伤

就完成了一个大写的字

把沉甸甸的牵挂系在手上

一口口地哺育

像燕子一样

一点点地教养

不嫌漫长

一手一脚地呵护

是盼着日夜浇灌的花盛开希望

你上完厅堂

泡在厨房

你在职场上追风

你在情场里思量

再深的水潭你能蹚
再冷的风雪你能扛
你既是有功之臣
又是无冕之王

你是朴实无华的素描
你是花枝招展的时装
你用细嫩的皮肤包裹骨骼的力量
你用多情的目光牵出百转柔肠
你是滴穿岩石的水
你是擎起天空的柱
你是温暖鸟巢的朝阳
你是照亮摇篮的月亮

从穿上婚纱披上责任
从挂上铠甲冲向战场
从推着婴儿车到躺在轮椅上
你一路奔忙
留下的只是
两鬓白霜
一脸慈祥

今天满屏的诗词书画
今夜满天的灿烂星光

都诉说着一个大写的字

那就是你，亲爱的

——娘

2018-05-13

歌声越过苍穹

旌旗猎猎，硝烟滚滚
你是高昂的头颅挺直的胸
绿草起伏，森林摇晃
你是翻山越岭的一股风
边关哨所，天寒地冻
你是冰雪覆盖的一棵松
扫射的探照灯下
你是燃烧弹里的纹丝不动
嘹亮的冲锋号里
你是排山倒海的澎湃汹涌
在蓝天之上
你吞云吐雾，如鹰击长空
在洪水面前
你劈波斩浪，似入水蛟龙
你是常青树上的一抹绿
你是鲜血浸染的一片红
你是百花簇拥的一块碑
你是万众景仰的一座峰
你把生命置之脑后
你把梦想放在心中

你是夜空中最亮的五角星
你是阳光下最艳的七彩虹
你是我唱过的最美的歌
你是最美的歌声越过苍穹

2018-08-01

草原花开

在那遥远的地方
有一块辽阔的牧场
一群"草原人"
走进这一片荒凉

三个帐篷
那是最原始的工厂
用铜锯锯开炸药
用算盘计算爆炸的当量

高寒缺氧
乏肉少粮
"草原人"用煤油灯
把夜晚照亮
点燃智慧的火花
让心中的每一个原子
争气争光

一朵蘑菇云
是挺直的钢铁脊梁

瞬间扩散的气浪
把《义勇军进行曲》奏响
把西方的预言埋葬

今天
走进这消失的工厂
只见金露梅和银露梅
在阳光下飘荡
你可知道
它们曾经被谁滋养
如今为谁绽放

2018-08-09

脚尖上的美丽

枣红色的大幕徐徐开启
你的舞台
正值花季

天鹅湖畔
你展开羽翼
像冰雪雕成的莲花
在月色里亭亭玉立

红色的脚尖
一只立在大地
一只高高举起
翘首以盼的
是对未来的希冀

把汗水和泪滴
一遍遍清洗
把痛苦装在穿破的舞鞋里
一次次丢弃
留下一身轻盈

像燕子一样翻飞
像蒲公英一样随梦而去

一长串的荣誉
像秀发一样卷进发髻
紧身衣裹不住的善良
像透明的湖水
清澈见底

一曲终了
你单膝跪地
感恩的心
伴着一阵喘息
潮水般的掌声
是闭幕后还在延续的评语

你装着
凤凰花开的声音
走向
梧桐树下的长椅
上演
一出新的大戏

2018-09-09

又到九月

九月的钟声叮叮当当
那是嘹亮的集结号
在校园里吹响

九月的校园鲜花绽放
那是苗壮的桃李
向园丁吐露芬芳

一群大鸟飞向远方
回首只见巢里
有人默默守望

一群雏鸟扑腾着翅膀
不知道蓝天下
是谁托起了朝阳

秋雨融进土壤
把新一季的幼苗滋养
秋风轻轻飞扬
把九月的歌声四处传唱

窗外
丹桂飘香
屋内
书声琅琅
树上
绿叶鲜亮
山间
小溪流淌

2018–09–10

鹰

既然你是为苍天而生
你就注定要傲视群雄
既然你不愿做一条爬行的虫
你就得承受折翅之痛

你的起点
不在平坦的地面
而在陡峭的山峰
你的偶像
不是低飞的小鸟
而是冲天的大鹏

你因为独具慧眼
所以一发即中
你因为筑梦于胸
所以手握苍穹

你踏着云乘着风
那一片蓝海
是你飞向未来的梦

你发出一声雷鸣

在闪电里

看清一片朦胧

你穿过一阵急雨

在阳光下

划出一道彩虹

耀眼的光线里

一个小黑点

消失在蔚蓝的天空

2019-01-14

大王椰

你不像那丛灌木
把自己定位在地面
见缝插针
生存繁衍

你也不像那条藤蔓
眼光有些高远
却只能抓着别人的肩
顺势攀缘

你像一枚腾空的火箭
挺直腰身
用一把大伞
顶住塌下的天

大雨漫灌
你不怕淋不怕淹
狂风横扫
你腰不弯腿不颤

可是
有谁看见
夕阳里
你躺在地上露出心软
有谁听见
月光下
你眼望星空若有所言

站立时
你无法像灌木一样并肩
躺下时
你不能像藤蔓一样缠绵
欲滴的泪
迎着晚风慢慢吹干
想说的话
含在嘴里独自下咽

只有那只懂你的小鸟
在你眼前久久盘旋
从此
不再飞远

2019-01-26

第六辑

来去之间

人到码头船别岸

劈波斩浪情难断

那年那朵花

轻妆素扮暗香随，
青涩娇羞未敢窥。
转眼花开春意闹，
参差荇菜梦中追。

2017–02–10

品　茶

香茗手捧热心肠，
曲尽人欢自品尝。
止水微澜谁在意，
春风送爽笑茶凉。

2017–02–17

南糯山

天高岭僻古茶香，
世代穷乡入小康。
土菜翻身成御膳，
老农把酒若端汤。

2017-02-25

如梦令·寒夜

夜半雨敲风叩，
千里微聊依旧。
冷枕对冰窗，
醉影又添新皱。
将就，将就，
干等月明如昼。

2017-03-11

忆秦娥·往事随风

琴声切，
江清夜静云追月。
云追月，
缠绵倾诉，
两情相悦。

惊雷乍起凄风烈，
枝残叶落花呜咽。
花呜咽，
高山流水，
子规啼血。

2017-03-17

清平乐·盛宴

五星饭店，
鼎食推杯盏。
一众土豪飞赴宴，
曼舞龙虾撑面。

可怜辽僻山乡，
穷童泪眼汪汪。
今日奢华散尽，
飘摇多少寒窗。

2017–03–19

感皇恩·小河弯弯

夜幕笼河床，
相依漫步。
树影朦胧吐情愫。
柳枝摇曳，
心醉神迷何处。
幽兰飘发际，
香如故。

人静风清，
月光如注。
耳畔秋虫语无数。
水流回转，
恍惚不知归路。
手心热汗起，
知温度。

2017-03-22

点绛唇·惜缘

邂逅英伦，
巧随倩影穿灯口。
倚窗挥手，
天意深闺透。

赤脚临风，
不觉良宵久。
长相守，
管弦齐奏，
只把佳期候。

2017-03-23

忆秦娥·小夜曲

灯不灭，
婴儿隔壁啼声烈。
啼声烈，
谁家新手，
练琴心切。

窗前妻女翻书页，
篇篇作业勤批阅。
勤批阅，
一声天籁，
几番心血。

2017-03-29

秋风清·旷野

寒鸦啼，
烟雨凄。
热血入残梦，
芳心无所依。
花开花谢随风去，
月圆月缺何人知？

2017-03-31

感皇恩·思念

细雨雾蒙蒙，
低垂绿柳。
流水滔滔不回首。
草深路窄，
竹挡林遮尘厚。
任清明滴露，
沾襟袖。

惆怅相思，
几声问候。
手举风吹入杯酒。
点香闭目，
笑貌音容依旧。
唏嘘哽咽事，
君知否？

2017-04-03

清 明

都市隐喧嚣，
春深踏路遥。
青烟连炮响，
车堵半山腰。

2017-04-04

点绛唇·致柳树

长发披肩，
蛾眉淡扫痴心守。
阳光依旧，
气韵存闺秀。

步履维艰，
翠玉当风口。
纤纤手，
可堪回首，
只怕添新瘦。

2017–04–05

浪淘沙·樟树下

夜幕罩山巅，
树看情缘，
秋潭映月话缠绵。
秀发香肩迷眼醉，
北斗阑干。

沧海变桑田，
世事如烟，
空余梦醒五更寒。
雨打落花流水去，
遥望天边。

2017-04-08

临江仙·爱情天梯

万丈悬崖高耸，
六千梯坎深藏。
声声斧凿破天荒。
鸡鸣耕野地，
夜半斗豺狼。

世外桃源凄苦，
云中厮守绵长。
痴情岁月用心量。
红颜居草舍，
白首伴糟糠。

2017-04-26

诉衷情·婚纱

海风阵阵浪哗哗，
幸福醉娇娃。
柔情蜜意缠绕，
玉体挂轻纱。

扶卷袂，
看羞花，
诵兼葭。
两心相许，
十指相牵，
举目天涯。

2017-04-29

鹊桥仙·劳燕分飞

一声守诺，
两厢执念，
相识相知同渡。
画眉举案送流年，
水与乳朝朝暮暮。

花开花谢，
叶繁叶落，
月缺月圆难阻。
擦肩而过莫回眸，
只当是天生陌路。

2017-04-30

渔家傲·回家的列车

滚滚车轮终觉缓，
苍山摇曳归途晚。
手拽风筝心挂线，
凝泪眼，
相扶手握微微颤。

开酒举杯齐饮宴，
家常话语长陪伴。
聚少离多心意乱，
车已远，
隔窗犹闻声声唤。

2017-05-01

西江月·一杯咖啡

小勺慢调心重，
昏灯暗照情愁。
苦中作乐几时休，
滋味千般尝够。

窗外车来车往，
桌前人走人留。
雨斜无月照高楼，
手握咖啡凉透。

2017-05-06

诉衷情·空巢

幼雏羽满四方飞，
云去不知归。
老巢寂寞凄楚，
孤鸟泪空垂。

观日落，
看风吹，
叹悲催。
友邻相问，
子嗣成群，
未见依偎?

2017-05-09

鹧鸪天·一日三餐

袅袅炊烟上灶膛，
瓢盆锅碗烩清香。
半杯热饮冲疲惫，
一缕阳光化雪霜。

拿手菜，
例牌汤，
你添我舀喜洋洋。
双双筷子传温暖，
蜜意柔情聚桌旁。

2017-05-10

渔家傲·来去之间

进出抵离缘聚散，
重围出口人相盼。
久旱甘霖春意暖，
如梦幻，
繁花怒放心依恋。

人到码头船别岸，
劈波斩浪情难断。
合者不知分者怨，
抬望眼，
忧思托付飞鸿雁。

2017-05-11

清平乐·无影灯

不惊不吓，
无影灯无话，
衾枕寒凉冰自化，
汗湿蓝冠绿褂。

入眠不觉时长，
瓷盘奏乐叮当。
梦醒恍然睁眼，
亲人递笑身旁。

2017-05-12

第七辑

名片

方寸之间

尘封日子风光列

一炬成灰

过眼云烟灭

老 树

枪林弹雨火交加，
百孔千疮气自华。
铁骨铮铮烧不毁，
枯枝皮下发新芽。

2017-02-06

女排小英雄

及笄征战语铿锵，
夺隘冲关立大梁。
石破天惊拼智胆，
峰回路转斗顽强。
练兵洒汗衣衫透，
折桂登台涕泪长。
载誉凯旋颜值爆，
无须对镜贴花黄。

2017-02-23

清平乐·逐梦

云霞缥缈，
春雨催新草。
试比天高追鸷鸟，
翅展江边绿岛。

杏坛俯首亲躬，
扬眉玉树临风。
沥血不分昼夜，
何时鹰击长空？

2017-03-10

卜算子·鏖战高考

题海渡无涯，
埋伏书山坳。
轰炸轮番欲过关，
日日争分秒。

长者亦焦心，
急蚁锅中跳。
且看前方捷报传，
热泪谁先掉。

2017-03-15

点绛唇·名片

方寸之间，
尘封日子风光列。
几番心血，
筑梦朝天阙。

一炬成灰，
过眼云烟灭。
从头越，
流年弯月，
早晚翻新页。

2017-03-21

沁园春·战长沙

福到长沙，
滚滚红云，
一片绿茵。
任旌旗狂舞，
浪掀秦岭；
鼓声雷动，
势撼昆仑。
天助银狐，
神扶诸葛，
巧借东风破劲军。
甘霖降，
更阳光普照，
枯木逢春。

从来天道酬勤，
汗挥洒功夫不负人。
看空拳赤手，
强撕敌阵；
铜墙铁壁，
固守家门。

起脚凌空，
甩头落地，
制胜功臣浩气存。
欢腾夜，
念大胡元帅，
捷报曾闻？

2017-03-24

醉花阴·裸韵

玉体凝脂花裸露，
顾盼还羞睹。
蝼首缀蛾眉，
曲径通幽，
细柳缠腰处。

山泉沐浴云遮树，
旭日驱迷雾。
透亮看冰清，
极简精灵，
至美谁人妒。

2017-03-25

水调歌头·童年

飞跑跨田垄，
日暮卧山峦。
仰天闲看星月，
蒲扇盖胸前。
户外繁花匝地，
屋里清香扑鼻，
房顶冒炊烟。
晨醒响鸡叫，
夜寝伴轻鼾。

上高树，
抓小蟹，
滚圆环。
手工创意，
河畔长坐塑泥团。
相约深潭垂钓，
路过松林追鸟，
渴饮捧甘泉。
历历童年事，
无梦不香甜。

2017-04-06

浪淘沙·重庆崽儿

麻辣烫金身，
火爆乾坤，
爬坡上坎长精神。
陷阵冲锋拼智勇，
棒棒成军。

耿直不装孙，
去伪存真，
丹心赤血筑忠魂。
铁骨柔肠㸆耳朵，
一品巴人。

2017-04-09

浪淘沙·生命之简

方丈够空间，
素净衣冠，
淡茶土菜就三餐。
大笑无声心有悟，
日暮苍山。

伴侣共清欢，
两手相牵，
侍花弄草阅书刊。
旧友新交随意兴，
小酒杯端。

2017-04-11

浪淘沙·人之初

小脸肉乎乎，
柔嫩肌肤，
奶香奶气润如酥。
玉洁冰清心透亮，
掌上明珠。

树大看荣枯，
浸染尘污，
花开花谢落虚无。
顶灌醍醐知觉醒，
怀念当初。

2017-04-21

浪淘沙·人民的名义

夜夜扣心弦，
虎隐深山，
盘根错节树通天。
善恶悬疑云雾罩，
难见真颜。

戏骨解谜团，
热议绵绵，
抽丝剥茧溯根源。
杨柳清风香满袖，
明月高悬。

2017-04-25

临江仙·心镜

湖绿山青相映，
风光正反投缘。
真如自在辨忠奸。
水清观日月，
云散照青天。

明镜纤尘难驻，
淤泥不染荷莲。
人间万象去如烟。
平生无所挂，
心底守畦田。

2017-05-13

第八辑

窗

风光四季挂空墙

景换时移胜画廊

孔　府

恢宏府庙破长空，
至圣金声万仞宫。
槐柏虚门传掌故，
碑亭御笔赐尊崇。
千年子曰知天下，
百世师承望岱宗。
三炷高香随叩首，
一腔仰慕向筠松。

2015-05-28

探 春

冰封湖面锁河堤，
叶尽草枯人影稀。
绿树红花无觅处，
枝头喜鹊唤莺啼。

2017-02-01

窗

风光四季挂空墙，
景换时移胜画廊。
妙笔丹青留白处，
花香鸟语暗中藏。

2017-02-09

海边垂钓

独钓礁岩上，
清风恋海湾。
朝闻涛打石，
暮送日归山。
飞鸟天边累，
游鱼水底闲。
渭滨无偶遇，
长线挂云间。

2017-02-15

四面山仙境

氧醉绿林边,
情迷赤壁前。
长湖铺软玉,
高瀑散轻烟。
佛寺修禅武,
神梯筑梦缘。
八方迎贵客,
四面聚尊贤。

2017–02–16

赏桃花

蛾眉掩树中，
微步摄惊鸿。
人醉迷香艳，
桃羞看落红。

2017-02-28

浪淘沙·春上莲花山

雾尽看莲花，
树挂袈裟，
新芽旧鸟立枝丫。
绿水青山迎旭日，
沐浴朝霞。

伟业世人夸，
阔步中华，
铿锵话语震飞鸦。
放眼春光风起处，
指路天涯。

2017-03-13

浪淘沙·漫步信阳

日暮望湖轩，
霞映南湾，
浉河泛月逛星天。
四望五云茶韵起，
一品毛尖。

报晓上峰巅，
贤隐中原，
古今将相耀人寰。
魏紫姚黄开盛世，
佛照灵山。

2017-03-14

沁园春·观海

日出东方，
千道红霞，
万顷碧涛。
看巨轮离港，
波光荡漾；
扁舟摇桨，
气韵妖娆。
脚落柔沙，
腿淹浅水，
拨浪扬帆试弄潮。
叹寥廓，
遇激流险境，
何处撑腰。

闲来老友相邀，
跑绿道追风任路遥。
昔山川闭塞，
心仪下海；
乡村狭隘，
意欲飞高。

逐梦今朝，

人生苦短，

砥砺前行暮鼓敲。

依天意，

不登临彼岸，

岂肯抛锚。

2017–03–16

望海潮·村居

天清云淡，
晨晖照露，
乡间漫步寻芳。
林密草深，
风吹稻浪，
田边种豆成行。
水鸭闹鱼塘。
路旁摘瓜果，
唇齿留香。
土菜鲜蔬，
屋前屋后绿泱泱。

家家矗立楼房。
汽车停坝子，
喜气洋洋。
邀约四邻，
高杯海碗，
豪添畅饮无妨。
绵醉倚斜阳。
欲话村中事，

来日方长。
叶落归根共度，
山野好时光。

2017-03-18

浪淘沙·乡音

晨起鸟喳喳，
流水哗哗，
老头老太笑无牙。
黑狗黄鸡惊知了，
绿叶沙沙。

暮色照昏鸦，
鹅鸭归家，
小儿发嗲唤阿妈。
蟋蟀青蛙嫌静寂，
遥奏胡笳。

2017-03-26

山城火锅

燃情点火煮高汤，
涮烫划拳辣四方。
热汗空瓶挥一地，
唇边巷口散余香。

2017–03–27

思远人·念家乡

油菜黄时春草绿，
莺燕戏蜂蝶。
年深日久，
乡音犹记，
回首望明月。

浪涛滚滚归心切，
旧土落枯叶。
对镜看眼花，
梦如朝露，
飞云半空列。

2017-03-28

江城子·春日写意

清风送爽入亭园。
草弯弯,
水潺潺。
竹叶轻摇,
松柏舞翩翩。
秾李夭桃飞燕妒,
迷树上,
醉花间。

斜阳木椅照人闲。
抚琴弦,
送流年。
薄酒淡茶,
诗意写缠绵。
小狗小猫偎脚下,
听鸟语,
望青天。

2017–03–30

醉花阴·山路

探秘寻芳穿小路，
林暗飘迷雾。
盛景隐深山，
紫气东来，
藤蔓依乔木。

花香野趣拖方步，
不愿攀高度。
汗湿又风干，
日暮天昏，
款款归来处。

2017-04-01

水调歌头·公园

日日逛园景，
处处见诗篇。
晨曦随意挥洒，
高手画斑斓。
绿草镶边铺角，
树木高低错落，
行道绕湖湾。
乳燕挂垂柳，
朝露滚荷莲。

踏歌舞，
听鸟语，
看人闲。
匆匆岁月，
尘事缥缈若云烟。
跑者呼呼而过，
弈者亭中安坐，
玉女倚雕栏。
竹叶随风响，
止水起微澜。

2017-04-02

小　池

桃园僻角立藩篱，
芋叶亭亭举绿旗。
不学繁花争美艳，
游鱼律动在清池。

2017-04-14

卖茶姑娘

小桥流水土楼家，
塔下阿芳沏野茶。
笑醉神迷香入韵，
忘乎所饮日西斜。

2017-04-16

梁野山观瀑

青山绿道逆溪流，
飞瀑平潭露石逎。
乐水欢声淹鸟语，
雪花银幕挂明眸。

2017-04-18

鹧鸪天·湖光山色

翠玉银瓶照碧空，
苍松倒立影重重。
鸳鸯戏水飘舷外，
游艇推波绕画中。

披暮色，
浴轻风，
白茅绿苇举弯弓。
斜阳尽把余晖洒，
满眼春光一片红。

2017-04-24

鹧鸪天·永定土楼

苦力夯捶土垒墙，
千年矗立傲风霜。
祥云山涧追红日，
古树村头换绿装。

穿内院，
转回廊，
族规祖训挂中堂。
身居陋室观华夏，
家国情怀入典藏。

2017-04-27

沁园春·梦回母校

滚滚长江，
半岛驴溪，
故地漫游。
看大门雄伟，
保安肃立；
球场宽阔，
绿草清幽。
车路弯弯，
园林精巧，
建筑装潢亮镜头。
新时代，
尽鸟枪换炮，
百舸争流。

徜徉旧道新楼，
叹往日名师不复留。
笑四根门柱，
遍寻无影；
学生宿舍，
欲看还羞。

一代中师，
埋头苦练，
四壁空空素质优。
升高校，
论几分得失，
梦醒犹愁。

2017-04-28

云台山掠影

峭崖绿岭锁云烟，
峡谷红岩一线天。
中散结庐贤隐聚，
子房点将剑高悬。
桃花水母翕蝉翼，
小寨廊桥奏管弦。
泉瀑溪潭流不尽，
幽雄秀险任垂涎。

2017-05-07

少林印象

少室山林浩气存，
保家护国耀乾坤。
红门石坎磨踪迹，
绿树砖墙印指痕。
佛塔森森留宝库，
梵香灼灼聚炉盆。
高僧祖训修禅韵，
侠士堂规铸武魂。

2017-05-08